Aitmatow Akbara und andere Märchen

Die Sisyphosse. Eine Bücherreihe

Inhalt

Statt eines Vorworts über die Entstehung und Herkunft dieser Märchen habe ich sie, getreu der Tradition des Märchenerzählens, mit dem »Brief an Jessica« umrahmt.

F. H.

Brief an Jessica

Erinnerst du dich an unseren Ausflug an die Osterseen? Ich sehe dich noch vor mir, wie du durch die Wiese gerannt bist, Purzelbäume geschlagen hast und plötzlich verschwunden warst. Dann bist du ganz aufgeregt zurückgekommen und hast die Schnecke mitgebracht, die sich in ihr Haus verkrochen hatte. Sie hielt sich versteckt, obwohl du sie mit deinen großen, braunen Augen gelockt und darum gebeten hast, wieder herauszukriechen.

Übrigens gefällt mir dein Märchen »The Trail of the Snail« sehr gut. Du hast es deiner Mutter erzählt, sie schrieb es auf und schickte es mir. Seither überlege ich mir, wie ich mich dafür bedanken soll. Wenn man ein Märchen geschenkt bekommt, muß man sich ja etwas besonderes einfallen lassen. Weißt du noch, wie deine Geschichte anfängt?

»Heute ging ich an einen Ort mit dem Namen Spionenfliege. Es ist der seltsamste und schrecklichste Ort, den ich jemals gesehen habe. Dort stehen Raketen und keine Bäume, anstelle von Felsen gibt es nur Meteoriten. Spionenfliege heißt der Ort, weil du dich bücken oder verstecken mußt, wenn du eine Fliege siehst. Die Fliege sticht, wenn du dich nicht bückst oder versteckst, und sie verpaßt dir eine Krankheit, die unsichtbar ist. Das führt dazu,

daß du selbst stichst, und zwar solange, bis du stirbst. Ich bin hierhergekommen, weil ich meine Freundin im Inneren des Felsens treffen wollte, um mit ihr von dort in das Land des Gummis aufzubrechen. Sehr bald war ich zum Herzen des Felsens gelangt, meine Freundin war bereits da und wartete auf mich. Und wir machten uns auf den Weg. Aber wie kommen wir ins Gummiland? Glücklicherweise hatte ich meine Schnecke mitgebracht, eigentlich den Schneckenmann, der gerade von einer Weltreise zurückgekehrt war. Und mein Schneckenmann kennt alle Wege, er bringt dich überall hin, eben so, wie du dir das wünschst . . .«

Ja, liebe Jessica, so fängt dein Märchen über die Spur der Schnecke an. Da geschehen gruselige und komische Sachen, die man in alten Märchen auf ganz andere Weise kannte. Und doch erinnert mich dein Märchen an vieles, was alle kennen, die solche Geschichten gerne weitererzählen. Du hast daran schon immer großen Spaß gehabt und selbst ein modernes Märchen erfunden. Deshalb will ich dir erklären, wie ich zu den drei Märchen kam, die ich aufgezeichnet habe und sie dir, zum Dank für dein Märchen, weitererzählen will. Tschingis Aitmatow, ein guter Freund von mir und berühmter Schriftsteller aus Kirgisien, hat sie mir vor einiger Zeit erzählt.

Diese drei Geschichten sind bisher noch nirgendwo veröffentlicht worden. Weder im fernen Kirgisien noch im nahen Rußland. Wie alle Märchen handeln sie von Dingen, die scheinbar unmöglich sind. Einige Leute halten es für einen Unsinn, daß aus einem Kamm ein Wald, aus Perlen ein Gebirge und aus einem Spiegel ein See entstehen können. Diese Leute behaupten, daß Märchen nicht mehr in unsere Zeit passen. Was für ein Quatsch!

Du hast Glück gehabt, daß dir Waltraud und Mike, deine Eltern, ungezählte Male in Englisch und Deutsch alte und neue Märchen vorgelesen haben. Leider haben viele Eltern zum Erzählen wenig Zeit. Das ist gar nicht so einfach, macht aber großen Spaß. Außerdem sind die schönsten Geschichten für alle schön, für Erwachsene und Kinder, natürlich nur dann, wenn sie mit dem Herzen dabei sind.

Und so habe ich Tschingis Aitmatow einmal gebeten, er möge mir die Märchen erzählen, mit denen er seinen Kindern eine Freude machte. Das erste Märchen, das ich dir jetzt nacherzähle, hat Tschingis Aitmatow für seine Tochter Shirin und seinen Sohn Eldar erfunden. Du weißt ja selbst, welche Vorteile ein Kind hat, das schon sehr früh zwei Sprachen zugleich lernen kann. Du hast, als du sprechen lerntest, deutsch und englisch gelernt. Eldar und Shirin können kirgisisch und russisch, inzwischen auch ein wenig englisch. Und ich bin jetzt in der glücklichen Lage, daß ich dieses neue Märchen in meiner, der deutschen Sprache, nach einer Aufzeichnung in russisch weitererzählen kann. Zunächst also die Geschichte von der kleinen Meerkatze, die eigentlich gar kein Äffchen war.

Das Äffchen mit der Schultasche

In einer heißen Gegend, auf einer fernen, tropischen Insel lebte einmal ein Mädchen. Der Vater des Mädchens war Richter.
Wie bekannt, gibt es unter Richtern ganz verschiedene Menschen – ehrliche, gerechte und unbestechliche, aber es finden sich unter ihnen auch Richter, die ihre Pflicht vernachlässigen.

Der Vater unseres Mädchens war ein ausgesprochen guter Mensch und ein strenger Richter. Gegenüber Verbrechern hatte er keine Nachsicht.

Es gab auch eine Mafia auf der Insel, sie war übrigens sehr mächtig und hinterlistig. Der Vater des Mädchens wollte der Bande das Handwerk legen und sie nach der ganzen Strenge des Gesetzes zur Verantwortung ziehen. Die Verbrecher schworen sich, wie das überall geschieht, dafür Rache zu nehmen. Den Richter zu töten, wagten sie nicht. Denn alle hätten sofort geahnt – das kann ja nur das Werk der heimtückischen Unterwelt sein. Und deshalb hat sich die Mafia etwas Schreckliches ausgedacht.

Die Mafiosi wußten nämlich, wie sehr der Richter sein Töchterchen liebte. Es war ein gescheites und lustiges Mädchen und lernte gern. Zur Schule rannte es immer allein, der Weg dorthin war ja nicht sehr weit. Und da fand die Mafia eine garstige und süchtige Zauberin. Die Verbrecher wußten, daß die Alte immer ihr Rauschgift haben muß. Sie war von ihnen abhängig und wurde nun gezwungen, den heimtückischen Plan auszuführen.

Eines Tages war das Mädchen auf ihrem Heimweg von der Schule, fröhlich sang es seine Lieder und hielt, wie alle Schülerinnen, die Schultasche, worin es seine Bücher und Hefte aufbewahrte, fest in der Hand. Plötzlich trat ihm eine sonderbare, unbekannte Alte in den Weg.

»Wohin gehst du, Mädchen?« fragte die Alte.

»Nach Hause«, antwortete das Mädchen.

»Bist du nicht des Richters Töchterlein?«

»Ja, das bin ich. Was wollen Sie?« erkundigte sich das Mädchen mit den schönen Zöpfen und der hübschen Schultasche.

»Dann sollst du wissen«, sprach die Alte, »daß du zur Strafe für deinen Vater von nun an kein Mädchen mehr sein wirst, du verwandelst dich sofort in eine Äffin!«

Darauf murmelte die Alte unverständliche Wörter vor sich hin und sagte dann: »Du wirst solange kein Mensch mehr sein, bis jemand diesen Zauberspruch aufsagt.« Sie lachte dabei wie eine Hexe, wedelte mit den Armen und verschwand. Als das Mädchen wieder zu sich kam, merkte es, daß es sich in ein Äffchen verwandelt hatte, das noch immer seine Tasche fest in der Hand hielt.

Das Äffchen erschrak furchtbar. Und es wußte überhaupt nicht, was es tun und wohin es gehen sollte. Ausgerechnet in diesem Augenblick kamen einige Buben des Weges. Und sie riefen laut:

»Schaut hin, eine Äffin, die zur Schule geht oder von daher kommt, sie trägt eine Schultasche.«

Die Buben fingen an zu kichern und tollten ganz wild um sie her. Das Äffchen schämte sich so sehr, daß es davonrannte. Die Buben blieben ihm auf den Fersen, und je weiter sie liefen, desto größer wurde die Menge, die dem Äffchen mit der Schultasche nachstellte, und alle kreischten laut:

»Wirf doch die Mappe weg! Laß die Tasche fallen!«

Das Äffchen ließ aber die Tasche nicht fallen. Es rannte weit in den Wald hinein, und erst dort begriff es so recht, was ihm zugestoßen war. Natürlich wollte es gern heimgehen. Es stellte sich vor: Vater und Mutter sind bestimmt sehr erschrocken, wenn sie die wunderliche Meerkatze mit der Schultasche ihrer Tochter sehen, sie bekommen dann furchtbare Angst und denken vielleicht, ob die Meerkatze ihr Töchterchen ist. Deshalb getraute sich das in ein Äffchen verwandelte Mädchen auch nicht mehr nach Hause.

Es rannte immer weiter, bis zu der Affenherde, die im Dschungel lebte. Aber die Affen waren auch sehr böse und fielen über den Eindringling her, versuchten dem Äffchen die Tasche wegzunehmen, aber das Äffchen hielt sie ganz ganz fest.

Und so begann das neue Leben des verwunschenen Mädchens mit den Affen im Urwald.

Unterdessen suchten Vater, Mutter und viele gute Menschen die ganze Umgebung nach dem Mädchen ab. Es hörte sogar einmal die Stimme des Vaters, wie er vom Waldrand nach ihm rief und bitterlich weinte. Es hörte auch das Schluchzen der Mutter und das Wehklagen der Geschwister und der nahen Verwandten. Das arme Äffchen war völlig außer sich, wagte aber nicht, als Meerkatze vor sie hinzutreten.

Das Äffchen blieb also auf dem Ast eines Baumes sitzen, drückte die unzertrennliche Tasche fest an seine Brust. Die Affen ringsum verspotteten es unaufhörlich, versetzten ihm viele Puffer und blaue Flecken. Aber es konnte noch nicht ahnen, daß ihm noch schlimmere Qualen bevorstanden. Zu dieser Zeit drang nämlich eine andere Mafia in den Dschungel ein – eine Bande von Wilddieben, die Affen und andere Tiere des Urwaldes jagten, um sie dann schwarz für die Zoos in aller Welt zu verkaufen.

Diese Wilddiebe waren frech, berechnend und grausam. Sie stöberten die Stellen auf, wo Affen herumtollen. Dann umspannten sie den Ort mit Netzen. Das waren Netze, mit denen man Fische fängt, nur wirft man sie nicht ins Wasser, sondern hängt sie an den Ästen und Zweigen der Bäume auf.

Als die Netze verteilt waren, machten die Wilddiebe einen schrecklichen Lärm, schossen in die Luft, schlugen auf Trommeln, brüllten und pfiffen. Und alle Tiere, vor allem aber die Affen, hüpften und rannten erschreckt auseinander. Dabei verfingen sie sich in den ausgespannten

Netzen. Und so wurde auch unser Äffchen mit der Schultasche gefangen. Es versuchte noch im letzten Moment wegzuspringen und sich freizumachen, aber da fielen die Netze von oben herab. Es konnte sich nicht mehr rühren und blieb unter den schweren Fangstricken liegen.

Jetzt eilten die Wilddiebe herbei und fingen an, die Tiere aus den Netzen zu wickeln. Plötzlich rief einer von den Fängern aus:

»Seht her, so was hab ich noch nie gesehen – ein Äffchen mit Schultasche, es kann wohl lesen und schreiben.«

Alle lachten und wunderten sich, woher die komische, kleine Meerkatze kam, und wie die Schultasche zu ihr geraten war. Das Äffchen wollte schreien: »Ich bin doch ein Mädchen! Man hat mich verzaubert! Ich bin die Tochter des Richters!« Aber das verwunschene Mädchen begriff wohl, daß ihm niemand glaubt und ihm dann noch viel Schlimmeres zustoßen kann. Deshalb weinte es leise vor sich hin und fügte sich in sein unglückliches Los.

Die eingefangenen Affen wurden in Käfige gestoßen, die schon bereitgestellt waren. Dann brachte man sie an einen Ort, wo man sie verkaufte. Zuerst verlangten die Wilddiebe viel Geld, dann waren sie auch mit weniger zufrieden, weil sie ihre Ware ja rasch loswerden wollten. Plötzlich hörte einer von ihnen:

»Wir sind von einem russischen Zoo, wir möchten auch Affen kaufen.«

»Aber wir haben ja schon nichts Passendes mehr für euch, da ist nur noch diese wunderliche Meerkatze, die uns mit der Schultasche ins Netz ging. Wenn ihr wollt, könnt ihr sie haben.«

»Wie ist das möglich? Woher hat sie diese Tasche?«

»Das weiß ich doch nicht. Sie hat sie wohl irgendwo aufgelesen oder gestohlen. Aber wenn euch die Mappe stört, werfen wir sie sofort weg.«

Mit diesen Worten schnappte sich der Wilddieb die Schultasche und warf sie weg. Das Äffchen brach in Tränen aus, aber niemand ließ es ausweinen, es wurde sofort in einen Käfig gesteckt, den man dann auf ein Auto lud.

So kam unser Äffchen schließlich in den Moskauer Zoo. Von nun an lebte es in dem großen Gehege mit den vielen Affen. Diese waren dumm und gemein, sie rauften oft, und alle haßten das stille, bescheidene Äffchen, das unter ihnen furchtbar zu leiden hatte.

Niemand weiß, wie das alles ausgegangen wäre, wenn es da nicht auf der Welt den Jungen und das Mädchen, ein Geschwisterpaar, gegeben hätte. Der Bruder hieß Eldar, die Schwester Shirin. Beide lebten weit weg von Moskau, im fernen Kirgisien. Einmal fuhren sie in den Sommerferien mit den Eltern nach Moskau. Manchmal machte die ganze Familie auch Reisen in andere Länder, für die Kinder war das herrlich, die Eltern sagten ihnen dann oft:

»Denkt daran, wir können kein Englisch! Als wir zur Schule gingen, konnten wir das nicht erlernen, seht zu, daß ihr das ordentlich beherrscht, dann könnt ihr euch im Ausland mit anderen Menschen unterhalten.«

Und der Vater sagte ihnen immer wieder:

»Je mehr Sprachen ein Mensch kann, desto reicher wird er sein.« Eldar und Shirin lernten deshalb die englische Sprache eifrig und fleißig.

Als sie in jenem Sommer von Kirgisien nach Moskau reisten, besuchten sie gemeinsam den Zoo, wo sie schon oft waren, sie alle mochten diesen Zoo sehr gern. Sie schlenderten durch die vertrauten Reihen und schauten sich die vielen Tiere an. Sie kamen auch an das Großgehege, das von Drähten umzäunt war. Dort spielten viele Affen und rannten ausgelassen umher. Wie üblich drängelten sich auch an dem Sommertag viele Menschen um das Gehege. Sie warfen den Affen Bonbons und andere Süßigkeiten zu und hatten ihren Spaß daran, wie die Affen lärmten und rauften. Nur ein Äffchen saß still in einer Ecke und blickte traurig auf das ausgelassene Treiben.

Shirin war ein sehr gutherziges Mädchen, sie liebte Tiere und wandte sich sofort voller Aufmerksamkeit dem traurigen Äffchen zu. Ihr war klar, daß das Äffchen nach dem vertrauten Dschungel Heimweh hatte. Und das Äffchen dachte sogleich an die heimatliche Insel, an das elterliche Haus, an Mutter und Vater und die Zeiten, als es noch keine Meerkatze war, sondern ein Mädchen.

Das verwunschene Mädchen konnte natürlich nicht wissen, daß Holzfäller seine Schultasche gefunden und in die Stadt gebracht hatten. Wegen der Hefte und des Tagebuchs fand man dort heraus, wem die Tasche gehörte. Man gab die Schultasche den Eltern zurück und sagte ihnen, ihre Tochter sei wahrscheinlich von einem Raubtier angefallen und zerfleischt worden. Die Eltern waren sehr unglücklich. All das konnte das Äffchen nicht ahnen. Es saß in seinem Käfig, dachte an die ferne Insel und die schönen früheren Tage.

Und plötzlich tritt da ein Mädchen heran und blickt ihm in die Augen, so gutherzig und mitleidvoll. Auch Shirin ist nicht wenig verwundert, als sie unerwartet zu hören bekommt:

»Sag mir, Mädchen, kannst du Englisch?«

»Ja«, erwidert Shirin.

»Dann möchte ich dir etwas sagen, nur leise, daß es niemand hört und bemerkt. Ich bin gar kein Affe. Ich bin genauso ein Mädchen wie du, aber die böse Zauberin hat mich in eine Äffin verwandelt.«

»Wie das? Das ist unmöglich!« Shirin kommen sogar die Tränen, die über ihre Wangen kullern.

»Weine doch nicht und beherrsche dich, zeig nicht, daß du mein Geheimnis kennst. Hilf mir lieber!«

»Aber wie kann ich dir helfen?«

»Red mit deinem Brüderchen. Ist er ein guter Junge?«

»Ja, sehr gut und auch zuverlässig.«

»Dann erzählt niemand davon. Morgen wird hier, wie immer um sieben Uhr abends, der Käfig geöffnet. Der Wärter wirft uns Bananen und Apfelsinen herein. Dann beginnt ein großes Durcheinander. Affen sind doch sehr gefräßig und raufen immer ums Essen. Wenn das Tor aufgeht, hüpfe ich heraus und ihr bringt mich weg von hier. Dann erkläre ich euch alles.«

»Schön«, antwortet Shirin. »Ich mache alles genau so. Morgen abend, punkt sieben sind wir hier.«

Dann nahm sie den Bruder bei der Hand und flüsterte ihm zu:

»Laßt uns schnell gehen, wir haben ein großes Geheimnis zu hüten und eine wichtige Sache zu tun.«

Daheim erzählten sie alles ganz aufgeregt und munter dem Vater und der Mutter. Die Eltern dachten angestrengt nach, ob es so etwas überhaupt geben kann. Wenn es wahr ist, muß man unbedingt helfen. Wieder in Freiheit, wird uns das Äffchen sein ganzes Geheimnis verraten.

Der Vater zweifelte lange, er schwankte hin und her und sagte:

»Das Risiko ist viel zu groß.«

Aber die Mutter und die Kinder widersprachen dem Vater:

»Anders kriegt man das Äffchen doch nicht frei. Es hat uns nun einmal darum gebeten, ihm so zu helfen, dann müssen wir das auch tun. Wir werden schon sehen, wie das alles ausgeht.«

So konnten sie den Vater überreden. Sie besaßen ein eigenes Auto, einen Schiguli. Eldar rüstete sich aber noch mit der Wasserpistole aus, die ihm der Vater einmal als Geschenk mitgebracht hatte. Das war eine hervorragende Pistole, man mußte nur Wasser in sie hineinschütten, und schon schoß sie mit weiten, scharfen Strahlen. Eine andere Waffe besaß die Familie nicht.

Sie langten zur vereinbarten Zeit beim Zoo an und parkten das Auto am Eingang, ließen aber die Türen offen stehen, damit sie sofort losfahren konnten. Der Vater saß am Steuer, die Mutter daneben. Beide waren sehr aufgeregt.

Shirin und Eldar begaben sich zum Gehege. Dort drängelten sich wieder viele Leute, die den hin- und hersausenden Affen zuschauten. Punkt sieben Uhr kam, wie vorgesehen, der Wärter und sagte:

»Auseinander, Leute, stört mich nicht. Ich werde jetzt die Tiere füttern.«

Er öffnete das Tor des Käfigs und warf Apfelsinen, Bananen, Äpfel und andere Früchte hinein. Ein wildes Durcheinander hob an, die Affen kreischten und lärmten. In diesem Augenblick schmiegte sich das Äffchen an das angelehnte Tor. Eldar und Shirin faßten es bei den Pfoten, und das ganze Dreiergespann stürzte zum Auto.

Natürlich blieb das nicht unbemerkt. Die Leute fingen zu schreien an.

»Seht doch! Die haben einen Affen gestohlen!«

Der Wärter trillerte mit der Pfeife.

Stimmen wurden laut:

»Polizei! Polizei!«

Aber die Kinder waren mit dem Äffchen schon ins Auto gesprungen, der Vater gab Gas, und der Wagen raste durch das Viertel Krasnaja Presnja, über den Platz des Aufstands und gleich die Herzenstraße hinunter. Ihnen jagten Autos und Motorräder der Miliz hinterher. Sirenen heulten. Motoren jaulten. Zuweilen schien es, daß das Polizeiauto sie schon einholte. Aber da schoß Eldar aus seiner Wasserpistole, das Wasser lief über die Windschutzscheibe des

Streifenwagens, der Fahrer war wohl einen Augenblick lang geblendet, die Verfolger fielen zurück. Lange jagte die Polizei hinter ihnen her, durch ganz Moskau. Aber der Vater steuerte das Schigulchen so verwegen, daß er alle Verfolger abhängen konnte.

Sie bogen in eine dunkle Gasse ein, ließen das Auto stehen und rannten so schnell sie konnten durch Einfahrten und Höfe hin zum Haus, wo ihre Bekannten wohnten, die in den Urlaub gefahren waren und ihnen in den Ferien die Wohnung überlassen hatten. Sie erreichten den Aufzug und fuhren nach oben.

Niemand sah sie außer dem hausbekannten Trunkenbold, der sich darüber wunderte, als an ihm Leute mit einem Affen vorüberrannten – so schnell, als wäre das Feuer ausgebrochen!

Jetzt erst holte die Polizei auf und fragte die Passanten:

»Habt ihr Leute mit einem Affen gesehen? Wißt ihr, wo sich die versteckt haben?« Niemand hatte sie gesehen. Und der Trunkenbold behielt sein Geheimnis für sich, er ahnte, da stimmt etwas nicht.

Es dauerte Stunden, bis sich alle beruhigten. Das Äffchen schilderte den Rettern seine traurige Geschichte. Wie es noch als Mädchen in der Schule die englische Sprache lernte, es erzählte alles auf Englisch. Eldar und Shirin übersetzten das den Eltern ins Russische. Die Geschichte bekümmerte sie so sehr, daß Mama weinte, und Papa schwer schnaufen mußte. Dann dachten alle gemeinsam darüber nach, wie sie den Eltern auf der fernen, tropischen Insel mitteilen können, daß das Töchterchen noch lebt, aber verhext wurde. Die Eltern schlugen vor, einen Brief oder ein Telegramm dorthin zu schicken. Aber das Äffchen flehte sie an:

»Bitte, tut das nicht, das ist noch zu früh. Als mich die böse Alte verhexte, murmelte sie zwei unverständliche Wörter vor sich hin und sagte dann: ›Du wirst solange kein Mensch mehr sein, bis jemand diesen Zauberspruch aufsagt.‹ Ihr müßt also erst die zwei Geheimwörter finden, und wenn ich wieder ein Mädchen bin, können wir meinen Eltern eine große Freude machen. Die Insel, wo ich herkomme, heißt übrigens Madagaskar.«

Sie wohnten nun alle zusammen. Die Kinder kümmerten sich eifrig um das Äffchen. Sie gaben sich Mühe, es zu unterhalten, spielten mit ihm Schach und andere Spiele, lasen ihm aus Büchern vor. Sie redeten Englisch miteinander. Aber bald bat sie das Äffchen darum, ihm die russische Sprache beizubringen. In der Zwischenzeit tauchte eine neue Gefahr auf.

Die Zeitungen hatten nämlich die Meldung veröffentlicht, daß ein Affe aus dem Zoo geraubt wurde. Der Trunkenbold las das und begriff sofort, wer die Räuber waren.

Er klingelt an der Tür der Wohnung, wo Eldar und Shirin sind. Die beiden machen die Tür auf, und vor ihnen steht ein unrasierter, ungewaschener Mann in zerknüllten Kleidern. Er hat einen Blick, der nichts Gutes verheißt. Und da sagt der Saufbold:

»Ha, ihr denkt, ich weiß nicht, wo die Meerkatze versteckt ist.«

Shirin und Eldar erschrecken und flehen ihn an:

»Onkelchen, verraten Sie uns nicht. Sie ist doch sehr unglücklich, mit ihr ist etwas Schreckliches passiert.«

Aber der Saufbold ist unerbittlich.

»Sonst noch was?« brummelt er vor sich hin. »Ihr haltet mich wohl für blöd! Eure Eltern sollen mir zweihundert Rubel geben, sonst passiert euch etwas Schlimmes. Ich werde nicht den Mund halten.«

Da war nichts zu machen, die Eltern gaben nach. Nach einigen Tagen kam aber der Saufbold wieder und verlangte nochmals Geld. Jetzt war der Vater verärgert und scheuchte ihn weg, den Kindern aber sagte er:

»Das kann so nicht weitergehen. Wenn ihr schon die Sache angefangen habt, dann müßt ihr sie auch zu Ende bringen, ganz gleich, ob ihr euch noch einmal besonders anstrengen müßt. Der Saufbold soll uns ruhig verraten, aber wir werden etwas unternehmen.«

Man muß wissen, der Vater war nicht wie Hinz und Kunz. Er kannte die kirgisische Volksmär vom Recken Manas fast auswendig. Diese Sage zählt immerhin mehr als eine Million Zeilen. Wer das beherrscht, darf den Helden Manas jederzeit um Hilfe bitten, und der steht ihm dann sofort bei. Und darum hat der Vater auch auf der Stelle gebeten:

»O, Manas, wenn du dein Volk und diese Kinder wirklich liebhast, hilf uns! Laß uns bis zum Flughafen Domodjedowo durchkommen, dort besteigen wir ein Flugzeug und fliegen nach Kirgisien.«

Und tatsächlich galoppierten daraufhin, mitten in der Nacht, Reiter in alten Gewändern, mit Helmen, Schwertern und Lanzen durch die Straßen Moskaus. Das Reiterheer sprengte über die menschenleeren Straßen und umringte das Haus. Dann gab es Alarm, und die Polizei tauchte auf. Aber Manas hatte einen so blitzenden Blick in den Augen, daß sich ihm niemand zu nähern wagte. Manas zeigte auf Eldar und Shirin, auf ihre Eltern und das Äffchen und sprach:

»Rührt sie nicht an! Sie stehen unter meinem Schutz. Gebt lieber die Straße frei, und wir ziehen gleich fort von hier.«

Unter den Polizisten gab es kluge Menschen, die sich ausmalen konnten, daß man sich mit diesem märchenhaften Recken lieber nicht anlegt. Und unsere Familie setzte sich mit dem Äffchen ins Auto und fuhr, unter dem Schutz von Manas und seinem Heer, durch ganz Moskau bis zum Flughafen Domodjedowo. Dort bestiegen sie alle ein Flugzeug, das sofort abflog, und das Heer von Manas löste sich in der Luft auf.

Die Familie kam in ihrer kirgisischen Heimatstadt wohlbehalten an. Zu Hause machten sich die Kinder gleich auf die Suche nach den beiden Zauberwörtern. Sie fanden bald heraus, daß der Zauberspruch nicht in Englisch, sondern in der Sprache der Insel sein muß. Sie besorgten sich verschiedene Bücher über Madagaskar und fanden heraus, welche Sprache dort gesprochen wird. Nachts konnten sie nicht mehr schlafen, auch das Äffchen blieb wach mit ihnen. Sie schauten eine Menge Bücher durch und eine Unmenge Wörterbücher. Eines Nachts entdeckte Shirin die beiden Wörter. Sie sprach sie aus, und das Äffchen verwandelte sich wieder in ein ganz normales Mädchen mit schönen Zöpfen und großen Augen.

Daraufhin erzählten Eldar und Shirin allen Freunden und Bekannten, welche Geschichte dem Mädchen zugestoßen war. Der Vater von Shirin und Eldar war Schriftsteller. Er hat über das Ereignis etwas geschrieben, was viele Zeitungen druckten, sogar mit Fotografien. Die Geschichte ging um die ganze Welt, und eines schönen Tages kamen die Eltern des Mädchens, das in ein Äffchen verzaubert worden war und dann wieder ein Mädchen wurde, vom fernen Madagaskar nach Kirgisien geflogen. Sie schlossen ihr Töchterchen in die Arme, und beide Familien hatten ein großes Festessen und viel Freude.

Aber was für Worte das gewesen sind, hat Shirin niemandem erzählt. Sie wird sie nie weitersagen, so daß sich kein Mensch an den bösen Zauberspruch erinnern kann. Deshalb fragt sie lieber nicht danach.

Liebe Jessica, es ist leicht zu erraten, warum Tschingis Aitmatow das Märchen »Das Äffchen mit der Schultasche« eigens für Eldar und Shirin erfunden hat. Du ahnst, daß Vater Tschingis auch gern Lehrer spielt (wie deine Mutter Waltraud!). Diese Geschichte sollte mithelfen, daß die Kinder gern und fleißig Englisch lernen. Eldar zeichnete mir mit seinen Buntstiften das Äffchen und ging dabei so eifrig zu Werk, daß ich ihm gern glaubte, wie er gemeinsam mit Manas das verwunschene Mädchen gerettet hat und selbst auf einem schnellen Pferd durch Moskau galoppiert ist.

Jetzt zu den beiden anderen Märchen. Tschingis Aitmatow hat sie vor vielen Jahren selbst gehört. Laß mich aber noch kurz schildern, wo er sie mir weitererzählte.

Es war an einem Tag im Mai. Wir gingen auf einer alten, deutschen Burg spazieren. Überall blühte der Flieder. Das sieht man selten – die volle Blüte der Fliedersträuche hält ja meist nur ein paar Tage an. Das Sonnenlicht und die Stimmung in den Maitagen ließen alles vergessen, was einen so traurig macht, wenn wir daran denken, was die Menschen meiner Generation und auch der früheren Generationen euch, den Kindern von heute, hinterlassen. Das ist manchmal schier zum Verzweifeln. Und ob es überhaupt noch angebracht ist, Märchen aufzuzeichnen und weiterzuerzählen, darf man schon fragen. Aber ein wenig Hoffnung brauchen wir alle, wenn wir nicht die Lust und die Freude am Leben verlieren wollen. Und Märchen zeichnen sich dadurch aus, daß in ihnen die Hoffnung auf das Gute meist stärker ist als das Schlechte. Zu allen Zeiten.

Tschingis Aitmatow sagte mir bei einem unserer Spaziergänge: »In einem bestimmten Alter brauchen alle Kinder Märchen. Ohne Märchen verliert ein Kind viel für das spätere Leben.« Ich glaube, er meinte damit die Kraft, die nötig ist, um dem Bösen besser widerstehen zu können.

Die Märchen der verschiedenen Völker können uns auch helfen, die Angst vor dem Fremden, aus der Haß, Feindschaft und Kriege entstehen, zu überwinden. Das ist heute besonders wichtig, wo in fast allen Ländern Menschen verschiedener Völker miteinander auskommen müssen. Märchen kennen eigentlich keine Grenzen.

Im folgenden Märchen von den drei armen Mädchen, die durch die eigenen Eltern ins Unglück geraten, werden die Kinder erst durch ein gutherziges Tier froh und glücklich. Tschingis hat dieses Märchen von seiner Großmutter erzählt bekommen. Sie hieß Aimchan und war die Mutter seines Vaters. Sie muß eine vielgeachtete Frau unter den Nomaden des Ails Scheker gewesen sein, wo der kleine Tschingis geboren wurde und die Kindheit verbrachte. (Ail ist der Name für ein Dorf in Mittelasien.)

Großmutter Aimchan konnte weder lesen noch schreiben, galt aber als die beste Märchenerzählerin weit und breit. Ihr Enkelkind Tschingis war immer sehr neugierig und bedrängte sie unentwegt: »Großmutter, erzähl mir noch ein Märchen!« Aimchan soll rund ein Dutzend alter Märchen gekannt haben. Tschingis hat sich nicht alle gemerkt, am besten aber die uralte Geschichte von den drei armen Mädchen. »Diese Form des Märchens ist ganz selten, sie ist steinalt«, meinte Tschingis Aitmatow.

Als Kind mußte Tschingis mindestens so hartnäckig gewesen sein wie du, Jessica. Großmutter Aimchan wollte sich ja tagsüber auch einmal ausruhen. Aber der kleine Tschiké quengelte unentwegt. Und als seine Großmutter schon keine andere Ausrede mehr fand, wenn ihr nichts mehr einfiel, sagte sie zum Enkelsohn:

»Schön, dann erzähl ich dir jetzt meine Träume.«

Aber Tschiké war damit nicht einverstanden. Träume sind ja keine Märchen. Oder?

Mitunter war Großmutter Aimchan ganz verzweifelt und sagte zu Tschiké: »Du bleibst hier, und ich gehe zu den Nachbarn.« Dann ging sie weg, um sich einen Traum zu holen. Sie unterhielt sich mit der Nachbarin, verschaffte sich damit von ihrem Enkel Tschiké ein wenig Ruhe, kam heim und sagte: »Ich hab mir bei der Tante nebenan einen Traum ausgeliehen. Das genügt dann für heute. Ich muß ihn wieder zurückgeben, aber dafür erhält sie zwei Träume.«

Tschingis Aitmatow lachte, als er mir das erzählte, und fügte hinzu: »Großmutter Aimchan hat schon ihre liebe Not mit den eigenen Kindern gehabt, die schon erwachsen waren. Und dann kam ich daher, der älteste Sohn ihres Sohnes Torekul. Wir wohnten damals alle zusammen, in einer Großfamilie, ziemlich bescheiden, aber inmitten einer phantastischen Landschaft unter dem ewig schneebedeckten Manasgebirge.«

Hör also jetzt, liebe Jessica, die uralte Geschichte, die Großmutter Aimchan einmal ihrem Enkel Tschingis erzählt hat.

Das Glück der drei armen Mädchen

Es waren einmal ein alter Mann und eine alte Frau, die hatten drei Töchter. Sie waren furchtbar arm und hatten es sehr schwer.

Die Alte war aber nicht die echte Mutter der Mädchen, sondern die Stiefmutter. Da sie alle so große Not litten, wollte sie die drei Stieftöchter loswerden. Sie bedrängte also den alten Mann, seine drei Töchter in den Wald zu führen und sie dort auszusetzen. Die alte Frau sagte dem alten Mann:

»Geh mit ihnen Brombeeren pflücken, laß sie dann allein und komm wieder heim. Danach verlassen wir unsere armselige Hütte, verschwinden für immer und werden auf die Weise die überflüssigen Münder los.«

Der Alte brach in Tränen aus, er weinte bitterlich und lang. Aber schließlich fügte er sich dem Willen der Frau, wie das häufig geschieht, wenn der Mann schwach ist.

Sie besaßen nichts als die windschiefe Hütte und den dürren Esel. Sie hatten weder Vieh noch Hof.

An einem frühen Morgen weckte der Alte die drei Mädchen und sagte zu ihnen:

»Nun denn, liebe Töchterlein, gehen wir in die Schlucht des Waldes, dort gibt es viele Brombeeren, wir wollen sie gemeinsam pflücken. Mutter hat euch drei Körbe vorbereitet, darin werdet ihr die Beeren sammeln.«

Die Mädchen freuten sich sehr. Sie gingen gern in den Wald zum Beerenpflücken. Und bald darauf waren sie in der Schlucht angelangt und pflückten die Brombeeren von den Sträuchern, die es hier in Hülle und Fülle gab. Und der Alte sagte zu ihnen:

»Pflückt nur so weiter, ich gehe noch tiefer in den Wald hinein und will Bäume fällen. Danach kehre ich hierher zurück, und wir machen uns gemeinsam auf den Heimweg.«

Er setzte sich auf seinen Esel und trabte davon. In einiger Entfernung von den Brombeersträuchern holte er seine Axt hervor und fing an, kraftvoll auf einen Baumstamm einzuschlagen. Aber er tat nur so, als wolle er Holz fällen. Wenig später nahm er sein Seil, band es um einen Stein und schnürte es um den Ast, so daß der Stein hin und her pendelte. Er brachte den Stein zum Schwingen und der schlug und schlug gegen den Baumstamm.

Und die drei Mädchen glaubten, der Alte fällt Holz im tiefen Wald, er ist nicht weit weg von ihnen. Tatsächlich war es aber nur der Stein, der an einen Ast gebunden war und gegen den Baumstamm schlug – wumm, wumm, wumm.

Seelenruhig pflückten die Mädchen ihre Brombeeren. Die Älteste sammelte, bis sie eine halbe Hand voll hatte und stopfte die Beeren gleich in den Mund. Die Mittlere verzehrte erst, was sie in einer Hand sammelte, die nächste Handvoll legte sie in ihr Körbchen. Aber die Jüngste, die alle Beeren in den Korb tat, entdeckte plötzlich, daß darin ein Loch war. Sie dachte, das ist aber dumm und verstopfte das Loch mit Gras und Moos, sie pflückte ihre Beeren fleißig und gewissenhaft und hatte schon eine ganze Menge Brombeeren im Körbchen. Bei den beiden anderen wollte aber gar nichts zusammenkommen, sie pflückten und aßen immerzu, legten dann und wann etwas in ihren Korb, hatten aber noch keine einzige Beere darin.

Da sagte die Älteste zur Jüngsten:

»Du bist so flink und listig, sieh mal, dein Körbchen ist gleich voll.«

Die Jüngste antwortete der Ältesten:

»Sieh nur mal bei dir nach, warum du in deinem Körbchen noch keine einzige Beere hast.« Und die Älteste erschrak.

Auch die Mittlere schaute nach und sah das Loch im Körbchen. Seltsam, seltsam. Was ist das nur? Sie rätselten und rätselten und konnten doch nichts begreifen.

Unterdessen brach der Abend an. Es dämmerte. Nun hatten alle genug Brombeeren im Körbchen eingesammelt. Auch die Älteste und die Mittlere hatten die Löcher mit Grasbüscheln und Moos verstopft.

Natürlich war die Stiefmutter schuld, sie hatte in die Körbchen Löcher gemacht. Sie wollte ja, daß die drei Mädchen lange, lange pflücken müssen, daß sie Beeren sammeln und wieder verlieren und dabei viel, viel Zeit verstreicht.

Erst am Abend merkten die drei Schwestern, daß das Schlagen aufhörte und der Vater verschwunden war. Sie wurden unruhig.

Da sagte die kluge Jüngste:

»Ei, ei, ich spüre, da stimmt was nicht. Die Löcher in unseren Körbchen sind kein Zufall. Laßt uns ganz schnell nach Hause rennen! Aber ich fürchte, wir werden die Eltern nicht mehr antreffen.«

Und sie rannten und rannten, über Stock und Stein, durch die Schlucht und den Wald, bis sie zur Stelle gelangten, wo einmal die Hütte stand. Aber dort war nichts zu sehen. Jede Spur war verwischt. Niemand weit und breit. Nur noch ein Häufchen Asche.

Jetzt brach die Nacht an. Und die drei Schwestern weinten und umarmten sich fest. Von Tränen überströmt, verbrachten sie die Nacht gemeinsam im Freien.

Am nächsten Morgen wachten sie auf und sagten:

»Was sollen wir nur tun? Wohin sollen wir gehen? Wir können hier nicht bleiben? Wo sollen wir die Eltern suchen?«

So dachten sie lange hin und her.

Dann sagte die Älteste:

»Wenn mich die Stiefmutter auch nur ein ganz klein wenig liebhat, dann hat sie hier mein Kämmchen gelassen.« Die Älteste suchte danach, tastete alles ringsum ab und fand tatsächlich ihr Kämmchen.

Die Mittlere sagte:

»Und mir hat sie dann vielleicht meine Glasperlchen gelassen.« Die Mittlere suchte überall und fand ihre Glasperlchen.

Und die Jüngste sagte:

»Mir hat sie wohl mein Spieglein dagelassen oder einen Splitter vom Spieglein.« Auch die Jüngste entdeckte schließlich das ihrige.

Das war nun das ganze Hab und Gut der drei Mädchen.

Sie machten sich auf den Weg, gingen aufs Geratewohl weiter, einfach der Nase nach. Lang und weit war ihr Weg. Plötzlich sahen sie Rauch vor sich aufsteigen. Das Wölkchen Rauch machte ihnen große Freude, sie sagten sich:

»Wo Rauch ist, da sind Menschen, vielleicht sind das unsere Eltern.«

Und sie rannten schnell in die Richtung des Rauchwölkchens.

Auf ein Mal sprang ihnen ein großer, struppiger Hund entgegen und fletschte böse die Zähne. Die Mädchen erschraken, blieben stehen und riefen aus:

»Ist wer da? Der Hund will uns beißen.«

Aus der schwarz verräucherten Hütte trat eine Hexe, sie war steinalt. Aus ihrem Mund ragte ein Zahn, der immerzu wackelte. Aus ihren Ohren wuchsen ganze Büschel Haare. Aber sie zeigte sich hocherfreut und sprach mit süßlicher Stimme:

»Meine lieben Kinderchen, kommt herein zu mir, kommt nur herein! Das ist gut, daß ihr da seid. Ich hab schon seit langem auf euch gewartet.«

Sie führte die drei Mädchen in ihre Hütte. Die steinalte Hexe war auch bettelarm und besaß so gut wie nichts. Plötzlich flüsterte sie ihrem bösen Hund etwas ins Ohr. Der

Hund knurrte ein bißchen und legte sich dann flach neben die Hüttenwand.

»Morgen früh will ich euch zu essen und trinken geben«, sagte die Alte. »Heute habe ich leider gar nichts vorrätig. Legt euch schlafen, morgen ist auch ein Tag, da sind wir klüger als am Abend.«

Und wieder hielt sie ihren Mund mit dem Wackelzahn ans Ohr des Hundes und flüsterte ihm etwas zu. Dieses Mal konnte aber die Jüngste hören, was ihm die Alte zuwisperte. Die Hexe wispelte nämlich:

»Hab acht, daß sie nicht wegrennen, ich will die Mädchen auffressen. Eines nach dem anderen.«

Die alte Hexe war eine Menschenfresserin.

Die Jüngste konnte daraufhin gar nicht mehr schlafen und paßte auf, bis die Alte und ihr Hund einschlummerten. Erst gegen Morgengrauen war sie sicher, daß die beiden wirklich schliefen. Ganz leise und vorsichtig weckte sie ihre Schwestern und raunte ihnen zu:

»Laßt uns ganz schnell von hier weglaufen, die Alte frißt Menschen, und ihr Hund paßt auf uns auf. Wenn wir nicht fliehen, wird sie uns verspeisen.«

Die Schwestern waren furchtbar erschreckt, schlichen sich ganz leise aus der Hütte und rannten weg, so schnell sie konnten.

Aber da fing der Hund zu bellen an. Die steinalte Hexe wachte auf und schrie:

»Ach, ihr dreimal verfluchten Teufelskinder, ich werde euch schon einholen.«

Die drei Mädchen glaubten nämlich, die Alte wird mit ihnen nie Schritt halten können. Aber da kam die Hexe auf ihrem Hund dahergeritten und hatte sie schon fast erreicht.

Als sie sich näherte, ließ die Älteste ihr Kämmchen fallen und sagte:

»Wachse, Kämmchen, wachse, bis du so groß bist wie der dichte Wald, daß uns die Menschenfresserin nicht einholen kann.«

Und wirklich wuchs da sofort ein dichter Wald empor.

Die Alte war aber sehr listig. Sie setzte ihre Zähne und Knochen in Bewegung und sägte sich damit einen Weg durch den Wald. Wiederum jagte sie auf ihrem Hund den drei Mädchen hinterher.

Da ließ die Mittlere ihre Glasperlchen fallen und sagte:

»Sprießt, Perlchen, sprießt, bis ihr so groß seid wie die Berge, und die Menschenfresserin uns nie mehr einholen kann.«

Und tatsächlich sprossen aus den Perlen hohe Berge empor.

Aber da bohrte sich die Alte mit dem großen Wackelzahn ein Loch in die Berge, geschickt und schnell grub sie einen tiefen, langen Tunnel hindurch und war erneut dabei, auf ihrem Hund die drei unglücklichen Mädchen einzuholen.

Und da ließ die Jüngste ihr Spieglein fallen und sagte:

»Breite dich aus, Spieglein, breite dich aus, bis du ein tiefer blauer See bist und uns von der Menschenfresserin trennst.«

Und wahrlich, es geschah. Sofort breitete sich der See aus. Nun standen die drei Mädchen an dem einen, die Alte aber an dem anderen Ufer. Der Hund bellte, der Zahn wackelte hin und her, und die Menschenfresserin schrie grimmig:

»Wartet nur, ich hole euch noch ein. Und dann will ich eine nach der anderen fressen und euer Blut trinken.«

Sie trieb ihren Hund an und sauste nur so dahin, aber der Hund stürzte aus vollem Lauf in den tiefen, blauen See. Und auf der Stelle ertranken die Hexe und der Hund.

So entkamen die drei Mädchen der Menschenfresserin mit dem bösen Hund. Und sie gingen weiter, sie gingen und gingen, bis vor ihnen plötzlich wieder eine Rauchwolke aufstieg, das war neben einer Jurte.

Sie hatten großen Hunger und waren betrübt über ihr Unglück. Jetzt freuten sie sich wieder, Rauch zu sehen, aber sie fürchteten sich auch davor. Der Hunger trieb sie jedoch voran. Und so krochen sie ganz vorsichtig zur Jurte. Niemand war da. Die Jurte war sauber, ordentlich und schön, kostbare Teppiche und Filze lagen und hingen darin. Als sie eintraten, konnten sich die Mädchen kaum satt sehen.

Es flimmerte vor ihren Augen. In ihrem Kopf drehte sich alles im Kreis. Die ganze schöne Jurte war voller köstlicher Speisen. Als wäre das nur für die drei Mädchen hergerichtet. Da gab es alle wunderbaren kirgisischen Gerichte, die gesamte Küche Kirgistans bot sich ihnen dar.

Hier standen die Säfte, dort die Ketama, feine Piroggen, runde, frisch gebackene Fladen. Dort gab es Kumys, die prickelnde vergorene Stutenmilch, und saftiges Fleisch. Auf der einen Seite sahen sie die Sauermilch Airan und allerlei Gemüse und Früchte – Bohnen, Rosinen, Nüsse, Granatäpfel und vieles andere, es gab einfach alles. Und die Mädchen stürzten sich auf die Köstlichkeiten.

Sie aßen sich satt und dachten: Wie merkwürdig, daß in der Jurte niemand ist! Kein Besitzer weit und breit. Ganz menschenleer und doch alles in Hülle und Fülle und so schmackhaft.

Aber als sie ganz satt waren, überkam sie die Angst und sie fragten sich: Was für ein Unglück mag uns jetzt bevorstehen? Sollen sie fortgehen? Davor fürchteten sie sich. Aber was geschieht, wenn sie bleiben? Zu Essen und zu Trinken gab es auch nichts mehr.

Auf einmal hörten sie Lärm. Da muß sich doch etwas bewegen. Und sie blickten durch einen Schlitz in der Jurte und sahen, wie jemand draußen eine große Herde Schafe vor sich hertrieb. Was war denn das? Auf einem Eselchen kam eine Äffin dahergeritten.

Das war wirklich so, die Jurte gehörte nämlich der Äffin, die mit ihrer Herde heimkehrte. Jedesmal wenn sie ihre Schafherde zu den Weideplätzen hinaustrieb, machte sich die Äffin zuvor das Essen zurecht. Sie wollte nach einem schweren Arbeitstag und der vielen Sorgen müde in Ruhe essen und trinken.

Die drei Mädchen hörten, wie die Äffin die Herde in die Schafhürde trieb, sich dann die Hände wusch und vor sich hinsprach: »Jetzt will ich mich erholen, hinsetzen und sattessen.«

Aber da gab es ja nichts mehr zu essen und zu trinken. Die Äffin sah, daß alles ratzekahl aufgegessen war, als ob die Heuschrecken dagewesen waren. Sie wunderte sich sehr und sagte laut:

»Seltsam, seltsam! Was ist das?«

Die Mädchen hielten sich inzwischen unterm Bett versteckt. In den alten Jurten gab es Bänke, auf denen Decken und allerlei Zeug gestapelt waren. Diese Bänke bedeckten Bettvorhänge aus Tierbälgen. Dorthin hatten sich die Schwestern verkrochen – ins Konul, das Schlupfloch zwischen den Sachen auf der Bank.

»Da muß etwas geschehen sein«, sagte die Äffin, »das können nur Menschen aufgegessen haben.«

Ohne sich lang zu besinnen, schlachtete die Äffin ein Lamm, entfernte die Eingeweide und kochte sich dann verschiedene Gerichte aus frischem Fleisch, vor allem Beschbarmak, Lamm und Nudeln mit ein wenig Brühe – eben alles, was des Kirgisen Herz begehrt.

Die Äffin aß sich satt und bereitete danach das Essen für den nächsten Tag vor. Am frühen Morgen trieb sie ihre Herde hinaus auf die Weide. Die Mädchen zögerten nicht lange, krochen aus ihrem Versteck hervor und genossen von neuem ihr Mahl. Dann rannten sie zum Fluß und badeten, sie spielten und sangen ihre Lieder. Sie verspürten gar keine Lust mehr, die Jurte zu verlassen und weiterzugehen. Ausgelassen und froh verbrachten sie den Tag und verkrochen sich gegen Abend wieder im Konul.

Wie gewohnt kehrte die Äffin zurück, trieb die Herde in die Schafhürde, trat ein in ihre Jurte und rief aus:

»Ja, was ist denn da los?«

Auch dieses Mal war vom Essen, das sie vorbereitet hatte, nichts übriggeblieben. Alles war aufgegessen und geraubt. Da brach die Äffin in Tränen aus und sagte:

»Warum werde ich so bestraft? Welch ein Pech verfolgt mich? Wer kann das bloß sein, der mir alles wegißt? Wer raubt mich am hellichten Tag aus? Hab ich jemandem wehgetan?«

Die Äffin klagte so laut, daß die Jüngste der drei Mädchen das nicht mehr mitanhören konnte. Sie kroch aus dem Versteck hervor und sagte:

»Weine nicht, Tante Äffin, das waren doch wir, die drei armen Schwestern. Wir sind unglückliche Waisen, haben weder Heim noch Eltern und müssen umherstreunen. Und die Menschenfresserin ist uns auf ihrem bösen Hund nachgejagt. Seit gestern sind wir deine ungebetenen Gäste, haben dir alles weggegessen, wir hatten so großen Hunger und Durst, niemand gibt uns Speis und Trank.«

Die Äffin war aber gut und sehr lieb und sprach zu den drei Mädchen:

»Dann braucht ihr euch doch nicht zu verstecken, kriecht hervor aus dem Konul. Was ich habe, reicht auch für euch.«

So kamen sie aus ihrem Versteck gekrochen. Die Äffin gab ihnen reichlich zu essen und zu trinken und legte sich danach schlafen. Am nächsten Morgen sagte sie zu den drei Mädchen:

»Wie wollt ihr weiterleben? Ich bin bloß eine Äffin, ihr aber seid Menschen. Ihr sollt auch wie Menschen leben.

Ich schenke euch meine ganze Herde. Nehmt sie nur und geht mit den Schafen zu den Menschen. Ihr müßt unter Menschen sein.«

Die Schwestern waren natürlich einverstanden, sie freuten sich riesig und bedankten sich sehr herzlich bei der Äffin. Und auch die Äffin war sehr zufrieden.

Danach trieben die drei Mädchen die Herde vor sich her und zogen aufs Geratewohl weiter. Sie gingen und gingen, die Herde Schafe immer vor ihnen her, plötzlich erblickten sie ein ärmliches, windschiefes Häuschen. Daneben stand ein Esel mit abgewetztem Fell und hängendem Kopf. Sonst war niemand weit und breit zu sehen.

Sie gingen langsam auf die Hütte zu, kamen näher und näher, da erkannten sie hinter dem Fenster den Alten und die Alte, die sie ausgesetzt und verlassen hatten. Die beiden verspeisten gerade ihre letzte Ziege. Sie waren arm wie Bettelmäuse und wußten nicht, wie sie am nächsten Tag weiterleben sollten.

Aber nun entdeckten auch der alte Mann und seine alte Frau die große Schafsherde, die sich ihrer Hütte näherte.

»Was hat wohl das zu bedeuten?« fragten sie sich. »Wem gehören die Schafe?«

Sie kamen aus dem Häuschen heraus und erkannten ihre drei Töchter, die Älteste, die Mittlere und die Jüngste, die sie im Wald ausgesetzt hatten.

Die alten Eltern freuten sich sehr. Auch die drei Töchter waren froh, Vater und Mutter wiederzusehen.

Jetzt waren sie reich und besaßen eine ganze Herde Schafe. Sie weinten und umarmten sich und ließen den

Tränen der Freude über ihr Glück und den Reichtum freien Lauf.

Es währte auch nicht mehr lange, bis Bräutigame kamen. Zuerst feierte die Älteste ihre Hochzeit, ihr Mann war sehr gutherzig. Dann kam die Mittlere an die Reihe, der ihrige war sehr fleißig. Schließlich traf der Bräutigam der Jüngsten ein, er blieb mit der Braut bei den alten Eltern. Er war arm, aber sehr lieb und lebte für immer mit ihnen.

So waren am Ende alle glücklich, weil die gute Äffin die drei armen Mädchen aus dem Unglück errettet hat.

Jedesmal wenn ich die Geschichte von den drei armen Mädchen höre, liebe Jessica, kann ich mir gar nicht vorstellen, daß sie so uralt ist. Findest du das nicht auch?

Hierher gehört »Akbara«, das letzte der drei Märchen. Mich hat es besonders gefesselt. Akbara ist der Name der Hauptfigur in dem Roman »Der Richtplatz«, den ich übersetzte. Akbara ist eine Wölfin und die Gefährtin des Wolfes Taschtschajnar. Die Wölfin Akbara hat blaue Augen. Aber in Wirklichkeit gibt es keine blauäugigen Wölfe. Ebensowenig kommt vor, daß eine Wölfin träumen kann, obwohl Tschingis Aitmatow in seinem Roman lebhaft schildert, wie die blauäugige Wölfin Akbara träumt.

Tschingis Aitmatow wird bis heute gefragt: »Warum hat Akbara so blaue Augen? Was bedeutet das?«

Natürlich ist die Akbara im Roman »Der Richtplatz« längst eine ganz bestimmte Wölfin mit vielen menschlichen Eigenschaften. Tschingis Aitmatow wurde einmal auf einer belebten Straße Moskaus von einer fremden Frau angesprochen. Sie trat aus der

Menge der Passanten heraus, kam auf ihn zu, sagte ein paar Worte und war gleich danach wieder in der Menschenmenge verschwunden, bevor er die Möglichkeit hatte, darauf zu reagieren. Errätst du, was diese Unbekannte zu Aitmatow gesagt hat? »Ich bin Akbara.«

Du siehst, liebe Jessica, auch Erwachsene leben mit Figuren, die aus Romanen stammen. Da sagte ja eine Frau, die gar keine Wölfin war – ich bin die Wölfin Akbara. Es war einmal aber tatsächlich eine andere Akbara.

Akbara

In den endlosen Weiten um den Balchasch See breiten sich abgestorbene, menschenleere Steppen aus. Es wird erzählt, daß es hier vor langer Zeit fruchtbares Land gegeben hat, Regen, Pflanzen und grünes, grünes Gras. Und es sprudelten Bäche und Quellen, und Flüsse strömten durch das weite Land, wo viele Menschen glücklich lebten, die mit ihren Herden von Weide zu Weide zogen.

Und es war einmal das Khanat Toro Baital. Niemand weiß so recht, ob es tatsächlich ein großes Königreich war oder nur ein winziges Feudalreich. Aber man kann bis in unsere Tage die Ruinen der Grabstätten sehen, die einst prachtvolle Mausoleen waren. Heute ist aber dort keine Menschenseele mehr anzutreffen. Nichts lebt, alles ist erstarrt und wie tot, erbarmungslos glüht die Sonne auf die trockene Erde herab.

Nur dann und wann im Hochsommer, wenn die Hitze unerträglich ist, tauchen am fernen Horizont Sandsäulen auf – Wirbelwind um Wirbelwind jagt über die Einöde. Die Wirbelwinde kommen von weit her, sie fegen durch die weiten Steppen, und wenn sie endlich ihr

Ziel, den Balchasch See, erreicht haben, versinken sie im Wasser.

Dann sagen die Hirten am Ufer des Sees:

»Das ist Akbara, die schöne Akbara, die vor ihren Feinden flieht.«

Die Hirten sprechen das mit ehrfürchtiger Stimme aus und fallen zurück in ihr Schweigen.

Der Ort, wo die Wirbelwinde verschwinden, ist unweit der schönsten Bucht des Balchasch Sees. Sie zieht sich hin wie ein schmaler, langer Strich aus Wasser. Auch der Golf heißt Toro Baital – die braungescheckte Stute.

In den alten Zeiten, als das Land gesegnet war und Menschen darin lebten, als Gräser wuchsen, und das Vieh weidete, gab es dort einen weithin gerühmten Khan. Ihm war nur ein einziges Kind geboren worden – die bildschöne Akbara.

Dieser Khan war klug und geachtet, natürlich war er ein reicher Mann. Aber das genügte ihm nicht. Er wünschte sich, daß sein einziges Kind alles erlernt, was es zu lernen gab, ohne jeden Zwang sollte es aufwachsen und einzigartig sein. Die besten Lehrer und Mullahs unterrichteten das Mädchen. Und so lernte Akbara, die Tochter des Khans, lesen und schreiben, und Akbara war sehr begabt.

Aber unter den Stämmen in den Weiten um den Balchasch See war dieser Khan der Vasall eines noch mächtigeren Khans. Und der Großkhan war ein gefürchteter Tyrann, der danach strebte, mit Allmacht über die Menschen zu herrschen. Er führte ständig Kriege. Er selbst und seine Nächsten waren zueinander wie Katz und Maus, da traute keiner dem anderen, sie belogen und betrogen sich und stellten sich gegenseitig Fallen.

Natürlich suchte der tyrannische Großkhan mit Akbaras Vater, dem guten Kahn, Streit. Sie mochten sich nie, doch einer offenen Fehde waren sie bis dahin aus dem Weg gegangen. Alle wußten, daß der Großkhan den Vater der schönen Akbara haßte, die Feindschaft zwischen den beiden war groß und die Spannung wuchs beständig. Aber nicht davon handelt unsere Geschichte.

In derselben Gegend gab es einen jungen Mann, der von armen Leuten abstammte. Er hieß Muchtar, war voller Tatendrang und Wißbegierde. Die Mullahs seines Ortes entdeckten sein Talent, lehrten ihn ihre Kunst und ihr Wissen, und er hatte bald alles gelernt, was ihm die Mullahs seiner Heimat beibringen konnten. Dann sorgten sie dafür, daß er in die Medrese nach Chiwa geschickt wurde – in die beste Schule von ganz Mittelasien. Chiwa war das Zentrum der Kultur und lag weit entfernt vom Ail am Balchasch See, aus dem er stammte. Doch der Ruhm des Khanats von Chiwa war weit verbreitet. Chiwa ist längst versunken, aber noch heute kann man an den großartigen Mausoleen erkennen, wie prachtvoll das mittelalterliche Chiwa gewesen ist.

Die Mullahs seiner Gegend schickten also den fähigen jungen Mann zum Studium nach Chiwa. Aber Muchtar blieb mit seiner Heimat verbunden und kam immer wieder zu Besuch nach Hause.

Das größte Talent des jungen Mannes war die Poesie, er konnte wunderschöne Gedichte schreiben. Auch

Akbara verfaßte Verse. Und die Neigung der beiden, Gedichte zu verfassen, brachte die schöne Akbara, Tochter des reichen Khans, und Muchtar, den begabten Sohn einer armen Familie im Ail am Balchasch See, näher zueinander.

Wie heute gab es auch damals Treffpunkte der jungen Menschen, wo sie sangen, spielten und tanzten. Und eines schönen Abends, als die Mädchen und Burschen beisammen waren und sich vergnügten, da verliebten sich Akbara und der Dichter aus Chiwa. Die siebzehnjährige Akbara und der Chiwine, wie ihn alle nannten, trugen ihre Verse vor. Der Chiwine blickte in Akbaras Augen. Von diesem Tag an konnte er nicht mehr vergessen, wie die Augen Akbaras strahlten, und wie herrlich ihre Stimme klang, als sie ihre Verse sang.

Die Augen Akbaras waren ganz blau. Unter asiatischen Menschen kommt das zwar vor, aber Asiaten mit blauen Augen sind sehr selten, und Akbaras Augen waren von einem ganz besonderen Blau. Als sie um die besten Lieder und Gedichte wetteiferten, war dem Chiwinen sofort klar, daß Akbara in allem unvergleichlich war. Sie fesselte ihn nicht nur durch ihre Schönheit, sondern auch durch ihr ungezwungenes Wesen, war sie doch die Tochter eines Khans. Und er empfand, der Vortrag ihrer Lieder und Verse war ganz ihm, dem Dichter aus Chiwa, bestimmt. Er erwiderte ihr darauf mit seiner Kunst. Um nicht gleich allen zu zeigen, was er empfand, begann er mit Versen, die andere verfaßt hatten und schon bekannt waren. Erst dann trug Muchtar eigene Lieder und Verse vor, denen er einen tieferen Sinn unterlegte. Diese Gedichte enthielten etwas Verborgenes, das allein Akbara galt, sie drückten das Gefühl und die Sehnsucht des Chiwinen aus. Der Dichter aus Chiwa wandte sich also an die schöne Akbara mit Worten, die er verschlüsselte.

Und so begann die Geschichte der großen Liebe Akbaras und Muchtars.

Natürlich war die schöne Tochter des reichen Khan für ihn unerreichbar. Was besaß er schon? In seiner Sippe gab es niemand, der ihn, wie es Sitte und Brauch jener Zeit erforderte, unterstützen konnte. Niemand konnte für Muchtar bei Akbaras Vater um die Hand der Tochter anhalten. Um überhaupt vor den Khan treten zu dürfen, hätte Muchtar mit einer Karawane ankommen müssen, mit Geschenken und Menschen von Rang, die der Khan anerkennt und anhört.

Das erfüllte den Dichter aus Chiwa mit tiefer Trauer, ja es machte ihn fast schwermütig. Muchtar liebte Akbara mehr als alles in der Welt, und Akbara erwiderte die gleichen Gefühle. Er war der einzige Mann, dem sie ihr Herz öffnete. Nur ihn wollte sie ewig lieben. Und je länger der Wunsch währte, desto heftiger wurde die Liebe.

Es gab damals keine Post wie in unseren Tagen. Dann und wann reiste jemand von Chiwa an den Balchasch See, oder vom Balchasch ins berühmte Chiwa mit ihrer Medrese, den prachtvollen Mausoleen und dem herrlichen Schloß in Kunja-Ark. Wenn sie einen Reisenden fanden, gaben sie ihm die Botschaften ihrer Liebe mit auf den Weg, die schönsten Verse der Zeit, die dann die Jugend als Lieder sang und die es bis auf den heutigen Tag gibt. Ganz besonders das Lied über Akbara und ihre unsterbliche Liebe zu Muchtar, dem Chiwinen, der so weit weg von ihr ist und sich verzehrt, sie zu sehen und zu umarmen.

»O, Akbara«, schrieb er ihr, »ich bin so weit weg von dir, lese Bücher um Bücher und schreibe dir meine Verse, all das erfüllt meine Tage, und dennoch brennt in mir die Sehnsucht nach dir, geliebte Akbara, wie kann ich nur zu dir gelangen, für immer bei dir sein, um in deine blauen Augen zu blicken, deinen Gesängen zu lauschen und mich an deiner Stimme zu berauschen.«

Muchtar schrieb ihr all das, was das Herz eines jungen Liebenden erfüllt, und sie antwortete ihm mit derselben Leidenschaft.

Wenn gesagt wird, man singt die Lieder über Akbaras Liebe bis heute, so gilt ebenso, daß man sie nur dort kennt, wo Akbara einst lebte. Und dort leben in unserer Zeit eben fast keine Menschen mehr, nur ein paar alte Hirten, die weitererzählen, was man ihnen erzählte. Wahrscheinlich bin ich der einzige, der das Glück hatte, dorthin zu gelangen und einen Alten zu treffen, der mir davon berichtete, als ich die seltsamen Wirbelwinde aus Sand sah, die ich nirgendwo sonst in der Welt gesehen habe. Das ist die Jagd der Wirbelwinde, ein Wind prescht hinter dem anderen her, als verfolge er ihn, bis sie alle im Golf Toro Baital versinken. Und der Alte sagte mir:

»Das ist Akbara, die schöne Akbara, die vor ihren Feinden flieht. Und wer hinhört, vernimmt ihre Lieder in den Wirbelwinden ...«

Akbara und Muchtar, der Chiwine, lebten also lange voneinander getrennt, er studierte in Chiwa, und sie verbrachte ihre Zeit am Balchasch See.

Allmählich sprach sich herum, was als das Geheimnis der beiden begonnen hatte. Ihre Briefe und Verse wurden zu Liedern des Volkes, die bei Festtagen und Hochzeiten die besten Sängerinnen und Sänger vortrugen. Die Liebe von Akbara und dem Chiwinen war in aller Munde. Und genau dies sollte ihr Verhängnis werden.

Akbaras Vater war inzwischen beim Großkhan in Ungnade gefallen. Der Tyrann wußte wohl, daß sein Vasall nicht schwach war. Hinter dem Vater von Akbara standen mehrere Stämme, die zu kämpfen verstanden. Der Großkhan war sich also nicht sicher, wer in einem Krieg gewinnen würde. Andererseits wollte er aber nicht untätig bleiben und sich lächerlich machen. Ein Mann hatte Mann zu sein, vor allem ein Großkhan.

Der Tyrann wußte natürlich auch von der großen Liebe Akbaras und Muchtars. Auch ihm waren die feurigen Verse des Chiwinen und die Antworten der schönen Akbara zu Ohren gedrungen. Der Großkhan war zwar nicht mehr der jüngste, er hatte bereits drei Frauen, wie es sich damals gehörte, aber keine von ihnen besaß die Reize Akbaras. Mit Gewalt wollte er sich die Tochter seines Vasallen nicht nehmen. Dagegen hätte sich Akbara und ihr Vater gewehrt.

Und der Großkhan dachte sich: »Wenn ich mich mit ihr vermähle, dann werden wir zu einem Clan gehören, die Fehden werden eingestellt, es gibt keinen Krieg, und ich besitze die schöne Akbara.« Dafür ersann sich der mächtige, tyrannische Großkhan eine teuflische List.

Noch am selben Tag schickte er seine Leute nach Chiwa und ließ dem Chiwinen ausrichten: »Das Volk rühmt dich, Dichter von Chiwa! Du bist jung, klug und wissend. Du kannst dein künftiges Schicksal selbst bestimmen. Komm an meinen Hof und werde mein Sänger und Chronist. Ich brauche dich in meinen Diensten und werde es dir reichlich entlohnen. Zögere nicht und mache dich sofort auf den Weg!«

Für Muchtar war das ungeheuerlich und unerwartet. Der allmächtige, reiche Großkhan lädt ihn, einen Menschen aus armer Sippe, an den Hof ein. Er ahnte ja nicht, welchen Dienst der Großkhan für ihn vorsah, der ihm Ansehen und Glück versprach. So dachte der Chiwine nicht lange nach und kehrte zurück. Nun gehörte er schon zur Horde, zum Kreis derer, die dem Großkhan am nächsten standen.

Eines Tages lud ihn der Großkhan zu einem Gespräch ein und umwarb den Chiwinen, der natürlich wußte: »Der Khan ist der Herrscher, er hat die Gewalt über alles und alle. Ich bin jung und arm, besitze nichts außer der Fähigkeit, Verse zu schreiben.«

Und jetzt schlug ihm der Khan ganz offen vor:

»Chiwine, du sollst mein erster Mann werden. Du wirst mächtig sein. Deine Sippe wird Ruhm erlangen. Ihr seid arm und unbekannt. Ihr ward immer schwach. Jetzt könnt ihr zu den Starken gehören.«

Allmählich dämmerte es dem Chiwinen, was der Großkhan mit ihm vorhatte, der ihn aufmerksam beobachtete und dann sagte: »Das geschieht, wenn du dich an die Spitze meiner Karawane stellst und in meinem Namen beim Khan von Toro Baital um die Hand seiner Tochter anhältst. Sag dem Khan: Ich, der Großkhan von Balchasch, habe den Wunsch, Akbara zur Frau zu nehmen. Von da an werden wir in einem Clan verbündet sein. Es wird dann keinerlei Feindschaft mehr zwischen uns bestehen.«

So redete der Großkhan dem Chiwinen ein, denn er brauchte für die Brautwerbung einen Akyn, der all das im Gesang vorträgt, was er, der Großkhan, sich wünscht. Den Akyn hörte auch das Volk begeistert an. Und ein Akyn, der die Weisheit und die Verhandlungskunst des Khans in schönen Versen rühmt, war selten.

Aber der Großkhan wollte noch mehr. Er wußte ja von der großen Liebe Akbaras und des Chiwinen. Diese Liebe mußte verschwinden und bloßgestellt werden, damit er seine Wünsche befriedigen konnte. Mit solcher List umgarnte der Großkhan den armen Chiwinen.

Der Dichter aus Chiwa quälte sich lange. Er konnte mit niemandem offen über seinen Schmerz reden. Und er wußte: »Ich habe ja gar keine andere Wahl. Gegen seinen Willen bin ich machtlos.«

Und auch der Großkhan wußte: »Der Chiwine hat gar keine andere Wahl. Mein Wille ist für jeden ein Befehl.«

Akbara hatte schon erfahren, daß ihr Geliebter aus Chiwa zurückgekehrt war und erwartete ihn voller Sehnsucht. Dafür wollte sie den richtigen Augenblick abwarten. Man mußte nur noch den Anlaß finden.

Zu der Zeit war Akbara weithin geachtet und beliebt. Alle bewunderten ihre Schönheit und ihren Freisinn. Ihr Vater ließ sie in allem gewähren, und Akbara hatte ihre Freiheit so sehr schätzen gelernt, daß sie sich gar nichts anderes mehr vorstellen konnte.

Akbara besaß eine herrliche Braunstute. Stets war ein Gefolge von Freundinnen und Gespielinnen an ihrer Seite. Sie unternahmen gemeinsame Spaziergänge, ritten aus und waren voller Lebensfreude. Für Akbara und ihr Gefolge richtete man die Pferde immer besonders her. Sie galoppierten ausgelassen über das grüne, fruchtbare Land. Und jeder, der sie sah, freute sich über die gertenschlanke, blauäugige Schönheit, die inmitten ihrer Freundinnen als der glücklichste Mensch auf Erden erschien. Denn alle wußten inzwischen, wie sehr Akbara den Chiwinen liebte und wie groß die Sehnsucht des Chiwinen nach der Tochter des Khans war. Nicht wenige glaubten aber auch, daß er ihrer unwürdig sei, weil er von niederem Geschlecht abstammte.

Für Akbara kam dann alles völlig überraschend.

Im Geheimen wurden die Fäden gesponnen. Der Großkhan hatte durch Mittelsleute den Vater Akbaras wissen lassen, auf welche Weise er die Zwistigkeiten und den Hader zwischen Großkhan und Khan beseitigen wollte. Akbaras Vater ahnte zwar, daß Akbara nur Muchtar, den Chiwinen, liebte, aber für ihn war wichtiger, daß die Tochter den Großkhan heiratete. Dieser Bund sollte beide Khanate mächtiger machen und die Nachbarkhanate besser beherrschen lassen.

Der Vater von Akbara dachte sich: »Das ist günstig für mich, sonst muß ich mich auf den Krieg vorbereiten. So schwach bin ich zwar nicht, aber den Großkhan kann ich nicht besiegen.« Und insgeheim glaubte er schon, daß seine Tochter würdig genug sei, die Frau des Großkhans zu werden.

Er hat sie ja anders als üblich aufwachsen und bilden lassen. Bei den Seßhaften mußten die Frauen den Schleier tragen, sie lebten abgeschlossen und unfrei. Aber hier in den Weiten des Balchasch Sees waren die Frauen schon freier, um so mehr die blauäugige Akbara mit dem dichten, schwarzen Haar. Dennoch ahnte sie nicht, wie weit die Absprache schon ging . . .

Eines schönen Tages sah man schon von weitem eine große Karawane herannahen. Die Kamele waren reichlich beladen. Die Reiter steckten in kostbarsten Gewändern. Und alle verstanden sofort – das ist die Karawane des Großkhans. Die Menschen gingen ihr entgegen, um sie feierlich zu begrüßen.

Es hatte sich auch schon herumgesprochen, daß der Großkhan um Akbaras Hand anhalten will. Akbara wurde gesagt, sie solle sich auf den Empfang vorbereiten. Sie wußte aber nicht, daß ihr geliebter Chiwine als Hofsänger und Brautwerber des Großkhans auftreten wird.

Als die Karawane nahte und in allen Ehren empfangen wurde, erkannte Akbara den Geliebten. Er ritt auf einem prächtigen Schimmel, war gekleidet in teure Gewänder, trug eine kostbare Mütze und hielt die Domra in Händen.

Und hoch zu Roß rühmte er seinen Herrn, er besang die Macht und den Reichtum des Großkhans, schmückte in Versen aus, wie einflußreich und stark sein Herr und Gebieter war.

Und der Chiwine trug im Gesang vor:

»Der Großkhan hat sich entschlossen, seine Wohltaten zu erweisen und sich zu vermählen mit der Tochter des Khans, mit Akbara. Deshalb erscheinen wir hier vor Akbaras Vater und Mutter. Und ich verkündige, daß ich der Akyn des Großkhans bin. Ich beschwöre, der Großkhan ist Akbaras würdig. Eure Tochter wird glücklich sein. Die Heirat wird euch allen zur Ehre gereichen.«

In diesem Geist trug der Dichter von Chiwa seine Verse zum Ruhm des Großkhans vor. Freilich unterlegte er den Worten auch einen anderen Sinn, der da lautete: »Wir müssen uns den Starken unterwerfen, gegen die Mächtigen dieser Welt darf sich niemand stellen.«

Der Chiwine wollte Akbara wissen lassen, was geschah. Die vielen Briefe und Botschaften, die sie in all der Zeit austauschten, um ihre leidenschaftliche Liebe auszudrücken, waren ja nicht vergessen. Und die kluge Akbara begriff sofort, was vorging.

Das festliche Gastmahl begann, die Spiele setzten ein. Alle bildeten einen Kreis und setzten sich. Akbara blickte schweigend auf den Chiwinen.

Akbara hätte natürlich ausrufen können: »Besser wärst du zugrundegegangen und ich nicht mehr am Leben! Daß uns solch eine Schande treffen muß!« Aber sie schwieg und blickte auf den Verräter ihrer Liebe.

Und der Chiwine rezitierte weiter, immer mehr und mehr Worte und Verse fand er, denn in seinem Inneren verspürte er den Drang, seine Stellung und sich selbst zu rechtfertigen. Denn wenn einmal der Verrat beginnt, dann wächst er sich aus, und der Dichter von Chiwa wollte den Verrat erläutern und seine Handlungsweise begründen.

Alle warteten darauf, wie Akbara antwortet. Vater und Mutter saßen schweigend da, wie es Sitte und Brauch war. Damit bekundeten sie ihre Zustimmung. Dem Großkhan, der schon drei Frauen hatte, konnte schon nichts mehr Angst einjagen.

Im übrigen besang der Chiwine, sein Akyn, die Vorzüge für die neue, junge Frau des Großkhans: »Ihr werdet die schönste seiner Frauen und Gebieterin des Hofes sein. Ihr, Akbara, seid dann die Hauptperson der Familie und des ganzen Clans.« Auf diese Weise umwarb der Chiwine die schöne Akbara für seinen Herrn, den Großkhan.

Nach einer Weile sagte dann Akbara:

»Schön, ich habe mir alles angehört und werde euch bald antworten. Aber jetzt möchte ich gehen. Um diese Zeit reite ich immer aus mit meinem Gefolge. Feiert weiter und seid vergnügt! Unterhaltet euch, ihr habt ja auch noch anderes zu bereden, als sich nur mit mir zu befassen. Ich komme bald wieder.«

Man sattelte ihr Pferd. Und so ritt Akbara mit ihren Freundinnen davon. Alle waren sehr aufgebracht. Als sie in der Steppe waren, wandte sich Akbara um und sagte:

»Lebt wohl, meine Freundinnen! Ihr werdet mich nie mehr sehen. Einer so schamlosen Absprache stimme ich nie zu. Kehrt um und sagt, ich sei fortgeritten.«

Sie wandte ihr Pferd und jagte davon. Die Freundinnen galoppierten allein zurück zum Ort des Gastmahls. Es brach eine Panik aus. Alle Gäste, auch der Großkhan und Akbaras Vater, die Verwandten und der Chiwine sprengten in wilder Jagd hinter ihr her.

Und seit jener Zeit jagen die Wirbelwinde über die Balchaschsteppe, es ist die wilde Verfolgungsjagd des Verräters aus Chiwa, des Großkhans und des Vaters. Sie haben nur ihr heimtückisches Ziel im Sinn und verfolgen in verwegenem Galopp die schöne, blauäugige Akbara.

Die Verfolger waren zahlreich. Sie war allein. Es dauerte nicht lange, bis sie Akbara einholten. Dabei kamen sie dem See immer näher und umzingelten sie schließlich am Golf von Toro Baital. Verzweifelt flehten sie Akbara an und riefen. Am lautesten ertönte die Stimme des Vaters:

»Akbara, halt ein! Wir haben es uns anders überlegt.«

Und sie riefen noch alles mögliche, brüllten aus voller Kehle, aber Akbara hörte schon nicht mehr hin. Jetzt hatten sie Akbara völlig eingekreist. Ihr blieb nur noch ein Weg offen – der Sprung ins Wasser und die Flucht über den See.

Tatsächlich entschloß sie sich zum Allerletzten. Akbara lenkte ihr Pferd hin zum See, ins tiefe, tiefe Wasser einer unermeßlichen Weite. Ihr Pferd schwamm und schwamm und erreichte das andere Ufer und brach dort tot zusammen.

Die Verfolger schraken davor zurück, ihr nachzusetzen. Dazu hatten sie nicht den Mut und deshalb preschten sie auf ihren Pferden dem Ufer entlang. Nur der Chiwine wagte den Sprung. Auch ihm gelang es, hinüberzuschwimmen, und sein Pferd verendete.

Der Chiwine sank vor Akbara in die Knie und beschwor sie:

»Töte mich, sonst muß ich mich in mein Schicksal fügen. Für uns gibt es keinen Ausweg. Man läßt uns nicht am Leben, wenn wir nicht tun, was man von uns verlangt. Der Großkhan hat sich all das ausgedacht.«

Akbara sah ihm in die Augen. In diesem Augenblick rannte an ihnen ein Wolf vorüber. Und da sagte sie:

»Lieber will ich eine Wölfin sein und diesem Wolf folgen, als daß ich bei dir bleibe.«

Und augenblicklich verwandelte sich Akbara in eine Wölfin.

Der Chiwine hatte vor Schreck die Augen geschlossen. Als er sie wieder öffnete, sah er, wie eine Wölfin neben dem Wolf fortlief. Er verlor den Verstand und schleppte sich einsam durch die Steppe. Er kam nie wieder zu Sinnen und fand den Tod.

Der Großkhan hatte sein Ziel nicht erreicht. Unterdessen brach zwischen ihm und Akbaras Vater der Krieg aus. Alle Ails wurden niedergebrannt, das Volk ausgeplündert. Und es wurde gesagt: Auf diesem Teil der Erde werden die Menschen nie mehr glücklich sein.

Bald gab es keinen Regen mehr. Pflanzen und Gräser verdörrten. Alles zerfiel in Staub und Asche. Niemand konnte dort mehr leben. Seit der Zeit ist hier die menschenleere Einöde.

Nur die Wirbelwinde rasen noch dann und wann über die Steppen dahin. In Säulen aus Staub jagt ein Wind dem anderen hinterher bis zum Golf Toro Baital, um dort im Wasser zu versinken.

Dann heißt es bis heute: »Das ist Akbara, die schöne Akbara, die vor ihren Feinden flieht.«

Liebe Jessica! Ich weiß natürlich nicht bis in die letzten Einzelheiten, warum Tschingis Aitmatow etwas zu dem hinzufügte, was ihm ein alter Tschaban, ein Schafhirte, am Golf Toro Baital erzählte. Vielleicht weiß er das selbst nicht so ganz genau, ist es doch so, daß Erzähler von Geschichten, die es schon früher gab und immer wieder neu geboren werden, in einer endlosen Kette menschlicher Phantasien weiterleben.

Für eines kann ich mich jedoch verbürgen: Tschingis Aitmatow hat in die Sage des alten Tschabans am Balchasch See etwas eingeflochten, wovon dieser Hirte noch gar keine Ahnung haben kann. In der alten Sage verschwindet Akbara im See, aber was dann folgt, hat Tschingis Aitmatow erfunden – die Verwandlung der Prinzessin in eine Wölfin. Die schöne Tochter des Khans, liebe Jessica, ruft in ihrer letzten Verzweiflung ja keineswegs aus, was wir aus anderen Märchen mit unglücklichen Prinzessinnen kennen: »Lieber will ich ein Vogel sein, eine Blume oder ein Schmetterling!« Akbara sagt ausdrücklich: »Lieber will ich eine Wölfin sein und diesem Wolf folgen, als daß ich bei dir bleibe.«

Erstaunt dich das, liebe Jessica? Kannst du dir vorstellen, aus lauter Verzweiflung auszurufen: Lieber möchte ich eine Wölfin sein, als so weiterleben zu müssen?

»Das ist«, sagte mir Tschingis Aitmatow, »die Phantasie der Menschen in der Steppe.« Und er hat uns, denen diese Steppenphantasie fremd ist, das vertraut gemacht, indem er etwas hinzufügte, was ursprünglich nicht zur Sage gehört.

Die Wölfin Akbara im Roman ist nicht dieselbe Akbara, die damals ihrem Schicksal entfloh, das sich der mächtige Tyrann so listig ausdachte. Sie ist wohl nur eine sehr viel später geborene Verwandte jener unglücklichen Akbara.

Tschingis Aitmatow wollte dieses Märchen ursprünglich in den Roman einfügen, verzichtete aber dann darauf. Er sagte mir noch: »Das Märchen klingt zwar romantisch, aber diese Geschichte hat einen zeitgemäßen Sinn. Wenn nämlich Dichtung und Kunst den Mächtigen dienen, werden beide untergehen. Sie werden zerstört wie die Liebe. Ehrlosigkeit und Hinterlist der Mächtigen vertrieben einst die Menschen aus einem blühenden Land. Für das Volk kam das einem Gottesurteil gleich, das war die Strafe für den Betrug an der Liebe. So verteidigte dort das Volk in seinen Märchen schon vor langer Zeit die Liebe.«

Mit diesen Worten will ich mich heute von dir verabschieden, liebe Jessica. Vielleicht hast du eine neue Geschichte geschrieben. Wenn du sie mir schickst, bekommst du von mir ganz bestimmt eine weitere, unbekannte Geschichte.

In dieser Reihe sind ferner erschienen

Volker Braun

Das Nichtgelebte

Eine Erzählung

Mit Illustrationen von Klaus Süss

ISBN 3-928660-48-9

Hugo Ball

Die Nichtgesammelten Gedichte

Herausgegeben von Franz L. Pelgen

ISBN 3-928660-67-5

Thomas Bärsch

Der Streik der Buchstaben

Mit Illustrationen von Hans Ticha

ISBN 3-928660-68-3

Steffen Mensching

Berliner Elegien

Gedichte

ISBN 3-928660-37-3

Alfred Klein

Unästhetische Feldzüge.

Der siebenjährige Krieg

gegen Hans Mayer 1956–1963

ISBN 3-928660-87-X

Satz: Satz Repro Grafik, Leipzig
Druck: Jütte Druck, Leipzig
Bindung: Kunst- und Verlagsbuchbinderei Leipzig
Schrift: Bembo-Antiqua
Gestaltung: Heinz Hellmis
unter Verwendung eines Linolschnitts von Klaus Süß

ISBN 3-928660-92-6